Mann allein

AF348277

Don Berry

Writat

Diese Ausgabe erschien im Jahr 2023

ISBN: 9789359257969

Herausgegeben von
Writat
E-Mail: info@writat.com

Nach unseren Informationen ist dieses Buch gemeinfrei.
Dieses Buch ist eine Reproduktion eines wichtigen historischen Werkes. Alpha Editions verwendet die beste Technologie, um historische Werke in der gleichen Weise zu reproduzieren, wie sie erstmals veröffentlicht wurden, um ihre ursprüngliche Natur zu bewahren. Alle sichtbaren Markierungen oder Zahlen wurden absichtlich belassen, um ihre wahre Form zu bewahren.

MANN ALLEIN

VON DON BERRY

Phoenix I brüllte sanft im Bereich eines G-Sterns. Es gab einen hellen Aufflackern, als durch das plötzliche Auftauchen des Schiffes ein paar zufällig ausgewählte Wasserstoffatome zerstört wurden. In einem Moment war der Weltraum bis auf die wenigen umhertreibenden Atome leer gewesen , und im nächsten Moment war das Schiff da, gedrungen und hässlich.

Drinnen läutete sanft eine Glocke und signalisierte die Rückkehr in ein Universum aus Masse und Gravitation und einer Grenzgeschwindigkeit namens C. Colonel Richard Harkins warf einen kurzen Blick aus seiner Bugluke und sah nicht mehr, als er erwartet hatte.

In dieser Entfernung war der Stern vom Typ G weder heller noch gelber als viele andere, die er gesehen hatte. Für einen Mann wäre es vielleicht schwer zu sagen, um welchen Stern es sich handelte. Aber das Schiff wusste es.

In einer der unförmigen Ausbuchtungen, die sich über die gesamte Länge von *Phoenix I erstreckten* , schwangen Dutzende Instrumente gedankenlos hin und her, um ihre Rezeptoren auf den nächstgelegenen Sternkörper zu richten.

Harkins lehnte sich zufrieden auf dem gepolsterten Steuersitz zurück und sah zu, wie die Nadeln nach und nach ihre endgültige Position auf den Skalen fanden. Auf der Konsole vor ihm leuchteten ein paar vereinzelte Lichter auf. Er grunzte einmal zufrieden, als sich die Thermonadel auf 6.000° C stabilisierte. Danach schwieg er.

Er beugte sich vor und legte zwei Schalter um, und ein leises Spechtgeräusch drang in den Kontrollraum, als der Spektrograph seine Daten auf ein Band zeichnete. Das Ende des Bandes begann aus einem Schlitz herauszukommen. Harkins riss es ab, als der Spektrograph damit fertig war, fädelte es auf die Zufuhrspule des Schiffsrechners und steckte das freie Ende in den Eingabeschlitz.

Der Taschenrechner blinzelte ihn kurz an, als wäre er überrascht, und spuckte eine kleine Karte aus, in deren Mitte ordentlich das Wort SOL stand.

Harkins pfiff leise und glücklich vor sich hin. *„Ich hatte eine wahre Frau, aber ich habe sie verlassen"*, pfiff er. Altes Lied. Alt, als er es zum ersten Mal hörte. *Hatte ein wahres....*

Er fragte sich vage, was eine „Frau" sei, kam aber zu dem Schluss, dass es wahrscheinlich keine Rolle spielte. *„Hatte eine wahre Frau, aber ich habe sie verlassen"*, pfiff er.

Er war froh, zu Hause zu sein.

Der Peiler verschaffte ihm eine Position auf der Erde und er versuchte, den unwichtigen Stern von den anderen in derselben allgemeinen Richtung zu isolieren, aber es gelang ihm optisch nicht. Das Schiff würde es allerdings schaffen, darüber machte er sich keine Sorgen . Er wünschte, er könnte den Skipdrive nutzen , um ein wenig näher zu kommen. Es würde lange dauern, den Atomraketen nahe zu kommen. Vielleicht mehrere Tage.

Nun, er musste es tun. Der Skipdrive war im Massenraum nicht zuverlässig. Man konnte nicht sagen, was es tun würde, wenn man es einer großen Masse zu nahe brachte. Er musste sich mit der Chemikalie befassen.

Massenraum , dachte er. *Melasse-Raum nenne ich es.*

Zu langsam, alles zu langsam, das war das Problem.

selbstgefällige Schnurren des Skipdrive aus . Der plötzliche Stillstand in der Kabine ließ ihn die Augen zusammenkneifen und aus irgendeinem Grund glaubte er, er würde Kopfschmerzen bekommen. Plötzlich wirkten alle Kabinenmöbel sehr hart und eckig, auf eine seltsame Weise verzerrt, so dass sie ihn deutlich irritierten. Er streifte mit dem Fuß über das Deck und das Geräusch seines Stiefels war kratzend und störend.

Ihm gefiel dieser Raum nicht besonders. Es war nicht weich, es war nicht erholsam, es war alles voller Unordnung und Müll. Er verzog das Gesicht vor Abscheu angesichts der plötzlich hässlichen Konsole.

Er schaute stirnrunzelnd auf den Boden, klemmte sich die Nase zwischen Daumen und Zeigefinger und liebäugelte mit dem Gedanken, den Antrieb wieder einzuschalten.

Aber aus irgendeinem Grund, der ihm im Moment nicht einfiel, konnte er das nicht tun. Er runzelte die Stirn noch stärker, aber es half nichts; Er konnte sich immer noch nicht vorstellen, warum er es nicht konnte. Die Kopfschmerzen wurden jetzt stärker. Er müsste etwas dafür nehmen.

Na ja , dachte er resigniert. *Wieder zu Hause, wieder zu Hause.*

Er war sich sicher, dass er froh war, zu Hause zu sein.

Heimat ist der Jäger, Heimat von etwas, etwas....

An den Rest konnte er sich nicht erinnern. Was zum Teufel war überhaupt ein Jäger? Sie irritierten ihn, diese Unsinnslieder. Er wusste nicht, warum er ständig an sie dachte. Jäger und Ehefrauen . Unsinn. Plappern.

Er schaltete die Richtungsinstrumente in die Kurssteuerung ein und schaltete die Startladung für die Chemiemotoren ein. Nachdem er, wie es ihm beigebracht worden war, alles sorgfältig überprüft hatte, schnallte er sich mit der Hand auf der Armlehne über dem Feuerknopf auf dem Kontrollstuhl fest. Er wusste, dass es ihm wehtun würde.

Er feuerte, und es tat ihm weh, das Gefühl des explosiven Drucks, die abrupte, donnernde Vibration. Es war nicht dasselbe wie das sanfte, umhüllende Schnurren des Skipdrive, tröstend, beruhigend, liebevoll …

Was ist das? Liebend?

Eine Frau ist eine Martha, dachte er. *Eine Martha ist eine Ehefrau.*

Es schien etwas zu bedeuten, aber er hatte keine Zeit, es zu entschlüsseln, bevor er ohnmächtig wurde.

Als er zu sich kam, schaltete er sofort den chemischen Antrieb ab. Es hatte ihm einen kräftigen Schubs in die richtige Richtung gegeben, und das war alles, was nötig war. Er würde jetzt im Leerlauf ausrollen und musste seinen Treibstoff für Manöver in der Atmosphäre aufsparen.

Danach ruhte er sich aus und versuchte, sich an die Härte der Dinge im Massenraum zu gewöhnen.

Sein Zeit-bis-Ziel-Indikator zeigte ihm zehn Stunden an, als er begann, sich unwohl zu fühlen. Er konnte die Ursache des Unbehagens zunächst nicht genau ausmachen. Er war zappelig und ungeduldig. Oder etwas, das diesen Gefühlen ähnelte. Es war, als ob er sich nicht erinnern konnte, warum er den Skipdrive nicht wieder einschalten sollte. Ihm fiel auf, dass er irgendwie nicht klar denken konnte.

Zu seiner Überraschung bemerkte er, dass er seinen Sender eingeschaltet hatte. Wahrscheinlich während er mit den Fingern trommelte oder so. Er hat es ausgeschaltet.

Dreißig Minuten später spielte er mit demselben Schalter. Er hatte es wieder eingeschaltet. Das wurde langsam lächerlich. Er sollte nicht so nervös sein.

Er grinste schief. Tatsächlich der Senderschalter. Wenn jemals ein nutzloses Stück Müll in *Phoenix I gelagert wurde*, dann war es das. Senderschalter!

Er lachte laut. Und ließ den Schalter offen.

Er starrte fasziniert auf das Mikrofon. Es war ziemlich interessant, das musste er zugeben. Es wurde an der Rückseite des Kontrollstuhls an Schwenkarmen montiert. Es konnte leicht direkt vor seinem Gesicht in Position gebracht werden. Als ob es so gewollt wäre. Er fummelte interessiert daran herum, schwang es hin und her und beobachtete, wie es sich auf den Schwenkarmen bewegte.

Ihn interessierte nur die Art und Weise, wie es sich so reibungslos bewegte. Als er es losließ, befand es sich zufällig direkt vor ihm.

Etwas nagte an ihm, etwas nagte in seinem Hinterkopf. Er pfiff leise und kniff die Augen zusammen. Er rieb sich mit der rechten Hand über den Kopf, als könnte er den lästigen Gedanken reiben. Plötzlich hörte er seine eigene Stimme sagen:

„Earth Control, das ist *Phoenix I.* Kommen Sie bitte rein.“

Er blickte erschrocken auf. Warum sollte er so etwas sagen?

Und dann, mitten in seiner Überraschung, wiederholte er es!

„Earth Control, das ist *Phoenix I.* Kommen Sie bitte rein.“

Ohne seinen Willen legte er den Empfangsschalter um. Seine Hände hatten plötzlich ein Eigenleben entwickelt. Er begann schneller zu atmen und seine Stirn fühlte sich kühl an. Er schluckte zweimal schnell.

Am Empfänger kam keine Antwort.

Nicht, was? Antwort? Was ist „Antwort“?

„Geschätzte Ankunftszeit vierhundertzweiundsiebzig Minuten“, sagte er laut und blickte auf die Zeitanzeige zum Ziel.

Plötzlich überkam ihn eine Welle der Erleichterung, die die Verärgerung, die in seinem Hinterkopf geschlummert hatte, wegspülte. Er fühlte sich wieder wohl. Er schaltete sowohl Sender als auch Empfänger aus und stand vom Kontrollstuhl auf. Er fühlte sich jetzt besser, aber er war ein wenig besorgt darüber, was passiert war.

Er konnte es nicht verstehen. Plötzlich hatte er die Kontrolle über sich selbst, seine Stimme und seine Hände verloren. Er tat bedeutungslose Dinge, sagte Dinge und machte dumme Bewegungen. Jede Bewegung, jede Handlung, die er machte, war ohne Muster oder Sinn.

Ihm kam plötzlich ein Gedanke, der seinen ganzen Körper kalt und prickelnd werden ließ und er fast erstickte.

Vielleicht gehe ich zu Nova.

Für eine Minute war er am Rande der Panik. *Nova Nova Nova Nova .*

Hell aufflackernd, ausbrennend, den Weltraum um Milliarden von Lichtjahren erhellend....

So fing es an, das wusste er. Unvorhersehbarkeit, Variation ohne Erklärung ... Er setzte sich wieder in den Kontrollstuhl und fühlte sich zittrig, schwach und verängstigt.

Als er sein Gleichgewicht wiedererlangt hatte, betrug die Zeit bis zum Ziel 453 Minuten.

Er führte *Phoenix I* in eine Umlaufbahn um die Erde. Er kreiste dreimal und bremste dabei stetig mit seinen Vorwärtsraketen, bis er in die Atmosphäre eintrat.

Bei seinem fünften Durchgang entdeckte er seinen Landeplatz. Woher er das wusste, verstand er nicht ganz, aber er wusste es, als er es sah. Irgendwo in ihm war ein Gefühl der Befriedigung, das ihm sagte: „Das ist es. Das ist der richtige Ort.“

Mit jedem weiteren Vorbeiflug wurde er tiefer und langsamer, bis er schließlich die unförmige Masse des Schiffes wie ein Flugzeug manövrierte, ganz in der Atmosphäre.

Wie ein was?

Aber er war zu beschäftigt, um sich darüber Sorgen zu machen. Der Kampf gegen den *Phönix I* in der Atmosphäre erforderte seine ganze Aufmerksamkeit. Abwesend bemerkte er die erstaunlich regelmäßigen Felsformationen rund um seinen Landeplatz.

Seine Hände flogen automatisch über die Konsole, ein erfahrener Interpret spielte eine gut erlernte Fuge ohne bewusste Liebe zum Detail. Das Gesamtmuster war ihm klar vor Augen und er wusste absolut sicher, dass er sich darauf verlassen konnte, dass seine Hände die notwendigen kleinen Bewegungen ausführten, aus denen das große Muster entstand.

Er hat nicht gedacht: Der obere linke Knopf, dritter vom Ende des rechten Ufers, schießt eine dreiviertel korrekte Abweichung.

Er dachte: *Gerade* . Und seine Hand schoss hervor.

Der Boden befand sich jetzt fast unter ihm. Durch den Hafen konnte er Teile der Landschaft sehen, die in den Hitzewellen seiner Landungsexplosion unsicher schwankten.

Langsamer ... langsamer ... langsamer ... Das Brüllen wurde laut von der Wohnung darunter reflektiert ...

Berühren.

Perfekt , dachte er glücklich. *Perfekt perfekt perfekt* .

Er lehnte sich zufrieden im Kontrollsessel zurück und sah zu, wie die Nadeln der Konsolenanzeigen leblos auf die Stifte zurückfielen.

Er pfiff leise eine kleine Melodie und lächelte.

Was jetzt?

Aussteigen.

Ihm fiel der Grund dafür nicht ein, aber er würde es tun. Während er darauf wartete, dass der Rumpf abkühlte, ließ er die Ausstiegsleiter fallen und lauschte dem Heulen der Servomotoren.

Er öffnete die Öffnung, blieb am Rand stehen und blickte hinaus. Seine Kopfschmerzen waren wieder zurückgekommen, schlimmer als je zuvor, und er verzog das Gesicht wegen des plötzlichen Schmerzes.

Vor ihm erstreckte sich die flache schwarze Ebene des Landeplatzes, die abrupt in den regelmäßigen Formationen endete, die er zuvor bemerkt hatte. Sie waren größtenteils weiß und bildeten einen starken Kontrast zum Schwarz des Pads. Er erkannte, dass es sich überhaupt nicht um Felsformationen handelte, sondern …

Es waren – Gebäude, sie –

Sein Verstand schreckte vor dem Gedanken zurück.

Es war still. Seine Kopfschmerzen schienen irgendwie seine Sehkraft zu beeinträchtigen. Entweder das, oder der Landeplatz war noch nicht cool. Als er auf die weißen Formationen am Rand des Geländes schaute, schienen sie in Bodennähe leicht zu schwanken. Immer noch Hitzewellen, entschied er.

Behände und mit dem angenehmen Gefühl, wieder zu Hause zu sein, kletterte er die Leiter hinunter und blieb auf dem Boden stehen, winzig unter der plumpen Gestalt von *Phoenix* I.

Ungefähr auf halber Strecke zwischen dem Rand des Landeplatzes und seinem Schiff stand eine winzige Ansammlung dünner, aufrechter Stangen. Von ihren Sockeln aus konnte er schwarze, schlangenartige Kabel sehen, die sich zum Rand hin verliefen und sich in seinem unsicheren Blickfeld bewegten. Er ging auf sie zu.

Die Stille war so vollkommen, dass es unnatürlich war. Es war fast so, als ob seine Ohren verstopft wären, und nicht, dass einfach kein Ton zu hören war. Nun, er nahm an, dass das schließlich natürlich war. Er hatte so lange mit dem summenden Schnurren des Skipdrives und dem Donner der Raketen gelebt, dass ihm jede Stille unnormal vorkam.

Als er sich den aufrechten Stäben näherte, sah er, dass jeder einzelne eine Ausbuchtung aufwies, etwas, das ihm irgendwie bekannt vorkam …

Es waren Mikrofone! Sie waren genau wie das Mikrofon in *Phoenix I* , mit dem er getäuscht hatte.

Er war aufrichtig verwirrt. Der ganze Sende- und Empfangsapparat im Schiff war dumm gewesen, aber was sollte er davon halten, ihn hier auf seinem Landeplatz zu finden? Es ergab keinen Sinn. Er verspürte erneut das unbehagliche Gefühl der Verwirrung. Die Kopfschmerzen wurden fast unerträglich.

Er ging zu den Mikrofonen. Das war wahrscheinlich der Ausgangspunkt. Er nahm den Hals von einem in seine Hand und zog daran, aber es bewegte sich nicht reibungslos, wie das auf seinem Kontrollstuhl der Fall war. Es kippte einfach unbeholfen auf ihn zu.

Plötzlich spürte er etwas auf seiner Schulter und sah sich schnell um, konnte aber nichts sehen. Der Druck auf seiner Schulter blieb bestehen und er berührte sie vage mit der Hand. Es ging weg.

Er stellte das Mikrofon wieder aufrecht und blickte zurück auf sein Schiff. Es gab einen weiteren Druck auf seine gegenüberliegende Schulter, plötzlicher und härter als der erste. Er schlug darauf und trat unsicher zurück.

Eines der Mikrofone neigte sich auf ihn zu, aber er hatte es nicht berührt. Er machte einen weiteren Schritt zurück und spürte, wie sich etwas eng um seinen linken Arm legte. Er drehte seinen Kopf nach links, aber da war nichts.

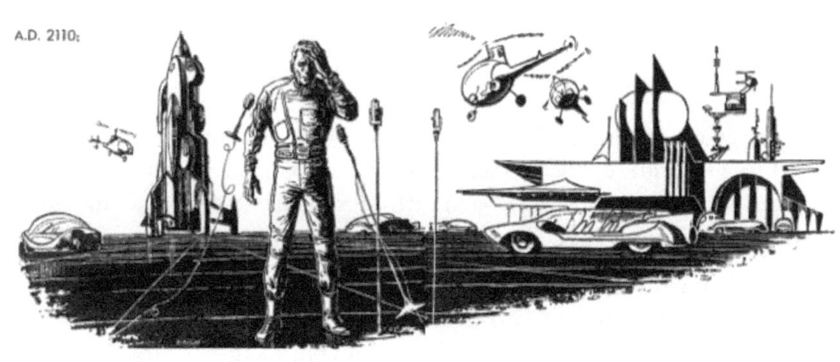

Er drehte sich scharf nach rechts weg und wurde durch die Bewegung befreit, aber seine Schulter traf etwas Festes. Er schnappte nach Luft und seine Kehle schnürte sich wieder zu. Er hob die Hand an den Kopf. Die Kopfschmerzen wurden immer schlimmer.

Etwas berührte ihn am Rücken.

Er wirbelte herum und ging in die Hocke.

Nichts.

Er stand wieder aufrecht, die Augen weit aufgerissen, und keuchte vor Angst, die ihn zu ersticken begann. Seine Fäuste ballten und öffneten sich, während er versuchte herauszufinden, was mit ihm geschah.

Die Luft schloss sich abrupt gleichzeitig um beide Arme und packte sie so fest, dass es schmerzte.

Er schrie, machte sich los und rannte zurück zum Schiff. Er stolperte gegen ein unsichtbares Etwas, fiel gegen ein anderes, aber es hielt ihn aufrecht und verhinderte, dass er fiel. Während er rannte, berührten ihn mehrmals Dinge, die er nicht sehen konnte, an Schultern und Rücken.

Als er die Leiter hinaufkletterte, atmete er nur noch kurz und wimmerte. Der Kopfschmerz war der größte Schmerz, den er je erlebt zu haben glaubte, und er fragte sich, ob er sterben würde.

Er musste nach unsichtbaren Dingen treten, die sich an seinen Füßen auf der Leiter festklammerten, und als er den Rand des Hafens erreichte, stand er da und trat und schlug nach nichts, bis er sicher war, dass keines dieser – Lebewesen, Dinger da war.

Er schloss schnell die Luke und rannte atemlos zum Kontrollraum. Er warf sich in den gepolsterten Stuhl.

Schließlich senkte er seinen Kopf in seine Hände und begann zu weinen.

2.

Nacht.

Das Land wurde im kalten Licht des aufgehenden Mondes grau, silbern und weiß. Die Gebäude der Gila-Lake-Basis IV waren scharf und deutlich zu erkennen und leuchteten schwach im Mondlicht, als ob sie irgendwie innerhalb der Betonwände erleuchtet wären.

Auf dem Landeplatz hockte *Phoenix I* dunkel und ungeschickt. Der Mond umspülte seine bauchigen Flanken mit kaskadierendem Licht, das über die langen Flächen des Rumpfes hinabfloss und spurlos in der absorbierenden Schwärze verschwand. Winzige, prickelnde Sternreflexe glitzerten auf dem einst polierten Metall.

An den Rändern der Basis, wo sich Drahtgeflechte aus der Wüste erstreckten und die Dinge der Wüste von denen der Menschen trennten, liefen nervöse Patrouillen einsam durch die Nacht.

Eines der Blockhäuser am inneren Rand des Landeplatzes präsentierte der Nacht zwei gelbe Rechtecke aus Fenstern. Im Blockhaus befanden sich zwei Männer und unterhielten sich.

Einer der Männer trug eine Uniform und an seinem Kragen prangte diskret das Sternchen und der Komet eines Stabsoffiziers, SpaServ . Er war für seinen Rang jung, vielleicht Anfang vierzig, und seine grauen Augen wirkten jetzt gequält. Er saß auf der Kante seines Schreibtisches und betrachtete den anderen Mann.

Der zweite der beiden war ein Zivilist. Er saß zusammengesunken in einem seltsam unpassenden, überpolsterten Stuhl und hatte die Beine gerade vor sich ausgestreckt. Er hielt den Kopf einer nicht angezündeten Pfeife in beiden Händen und saugte mürrisch am Stiel, während der SpaServ - Brigadier redete. Er war etwas jünger als der andere, aber sein Haar begann an den Schläfen dünner zu werden. Er hatte scharfe blaue Augen, die die Spitzen seiner Schuhe ohne erkennbares Interesse betrachteten. Sein Name war Colin Meany und er war Psychiater.

Schließlich beendete General Banning seinen Bericht über den Nachmittag, hob achselzuckend die Hände und sagte: „Das ist es. Das ist alles, was wir haben.“

Colin Meany nahm seine Pfeife aus dem Mund und betrachtete neugierig das vom Zahn gezeichnete Stück. Er steckte es in die Tasche seines Mantels, ging zum Fenster und schaute über die mondüberflutete Wohnung hinaus auf die drohende, bedrohliche Gestalt von *Phoenix* I. Er stand mit auf dem Rücken verschränkten Händen da und wiegte sich sanft auf den Zehenspitzen hin und her.

„Hässliches Ding“, sagte er beiläufig.

Banning zuckte mit den Schultern. Der Psychiater wandte sich vom Fenster ab und setzte sich wieder. Er begann seine Pfeife zu stopfen.

"Wo ist er jetzt?" er hat gefragt.

„Im Schiff“, sagte ihm der General.

"Was macht er?"

Banning lachte bitter. „Sendet ein Notsignal.“

"Stimme?"

„Ist das wichtig?“ fragte der General.

"Ich weiß nicht."

„Nein, es ist ein Code. Es ist ein automatisches Band. Die Art, die alle Passagierschiffe mit sich führen."

Colin dachte einen Moment darüber nach. „Und er hat nichts gesagt."

„Absolut nichts", sagte General Banning. „Er stieg aus dem Schiff, ging zum Empfangskomitee, schlug ein paar Leute und rannte zurück zum Schiff und schloss sich ein."

„Es macht keinen Sinn."

"Du sagst mir?" Nach einer Sekunde fügte der General fast wehmütig hinzu: „Er hat Senator Gilroy niedergeschlagen."

Colin lachte. "Gut für Ihn."

„Ja", stimmte der General zu. „Dieser Bastard hat uns auf der ganzen Linie mit aller Härte bekämpft, die Haushaltsmittel gekürzt, unsere besten Männer mitgenommen … Wenn wir dann ein Schiff zurückbekommen, ist er der Erste in der Reihe für die Wochenschau."

Colin blickte auf. „Sie haben Wochenschauen?"

„Sicher, aber ich glaube nicht, dass sie noch bearbeitet sind."

„Warum hast du mir das nicht gleich gesagt? Überprüfe sie, ja?"

Der General telefonierte kurz. Als er auflegte, sah er verlegen aus. „Willst du sie sehen?"

"Sehr viel."

„In Gebäude Drei gibt es einen Besichtigungsraum", sagte Banning. "Wir können laufen."

<hr>

Als das Licht wieder anging, saß Colin da und starrte lange Zeit auf den leeren Bildschirm. Schließlich seufzte er, stand auf und streckte sich.

„Nun", sagte Banning. "Was denken Sie?"

„Ich möchte es noch einmal sehen. Aber es ist ziemlich klar, denke ich."

Der General blickte überrascht auf. „Klar? Es ist genau das Gleiche, was ich dir gesagt habe."

„Oh nein", sagte Colin. „Du hast den wichtigsten Teil ausgelassen."

"Was war das?"

„Dein Junge ist blind und taub."

„Blind und taub! Du bist verrückt. Das Schiff, er schaute auf das Schiff und das Mikrofon und …"

„Oh, das ist ziemlich selektive Blindheit", sagte Colin. Er stopfte seine Pfeife mit wahnsinniger Langsamkeit und zündete sie an, bevor er wieder sprach.

„Leute", sagte er schließlich. „Er sieht keine Menschen. Überhaupt nicht."

<hr>

Harkins schlief ein, indem er sich im Kontrollstuhl nach vorne lehnte und den Kopf auf die Arme stützte. Als er aufwachte, verdunkelte sich der Himmel vor dem Sichtfenster. Mit dem Gefühl plötzlicher Gefahr schloss er die Metallläden über dem Hafen. Methodisch kletterte er die Laufstege entlang des Schiffs hinunter und stellte sicher, dass alle Häfen sowohl vor dem Zugang als auch vor Sichtkontakt gesichert waren. Er wollte nicht nach draußen sehen.

Als er das getan hatte, fühlte er sich leichter. Er ging zur Kombüse, stellte eine Dose Suppe in die Heizung und nahm sie mit zurück in den Kontrollraum.

Er saß da, aß geistesabwesend seine Suppe und starrte vor sich auf die Konsole. Er bemerkte, dass er sich allmählich an die harten Umrisse gewöhnte, die dieser Raum bot. Plötzlich bemerkte er, dass auf der Tafel ein rotes Licht war. Er stellte die Suppenschüssel vorsichtig auf das Deck und ging zum Sender, wo eine Tonbandschleife sich scheinbar endlos wiederholte und sendete. Er konnte sich nicht erinnern, es eingefügt zu haben. Auf der leeren Spule neben dem Sender stand AUTOMATIC DISTRESS CODE.

Er verstand zwar alle Wörter, aber zusammengenommen ergaben sie offenbar keinen Sinn. AUTOMATISCHER NOTFALLCODE. Wozu soll es dienen? Warum sollte so etwas ausgestrahlt werden? Wenn Sie in Not waren, wussten Sie es sicherlich, ohne es zu übermitteln.

Er schüttelte den Kopf. Es ging ihm sehr schlecht. Er war zutiefst beunruhigt über seinen Kontrollverlust. Alle möglichen bedeutungslosen Handlungen ohne Willenskraft ausführen … Und jetzt, mit diesem Tonband, war er sich der Tat nicht einmal bewusst, konnte sich nicht mehr daran erinnern.

Er ging zurück zum Kontrollstuhl und trank seine Suppe aus.

Wenn ich darüber nachdachte, hatten sich seine bedeutungslosen Aktivitäten nur auf eine Sache konzentriert: diesen seltsamen Sende-/Empfangsapparat, dieses Radio. Er hatte es sich schon einmal angesehen und erkannte, dass es sehr sorgfältig konstruiert und kompliziert war. Die Verkabelung selbst verwirrte ihn. Und darüber hinaus konnte er nicht feststellen, welchen möglichen Nutzen so etwas haben könnte.

Als er darüber nachdachte, verspürte er das gleiche prickelnde Gefühl im Nacken wie wenn er an die unsinnigen Wörter in den Liedern dachte, die er kannte. "Gattin." Sachen wie diese.

Er rieb sich kräftig den Nacken, bis es schmerzte. Ihm wurde klar, dass seine Kopfschmerzen fast verschwunden waren, als er die Häfen gesichert hatte, aber jetzt kamen sie wieder zurück.

Ein weiteres Licht blinkte auf der Konsole, und irgendwo hinter dem Bedienfeld begann ein melodisches „Piep-Piep" zu ertönen.

Automatisch griff er nach vorne und legte einen Schalter um, und das „Piep-Piep" hörte auf. Ohne Überraschung bemerkte er, dass es sich um den Schalter mit der Aufschrift „Empfangen" handelte.

Also. Als das Licht blinkte und das „Piep-Piep" ertönte, sollte er den Empfangsschalter betätigen. Vermutlich sollte er also etwas erhalten. War das richtig?

Er sah sich im Kontrollraum um, aber nichts passierte.

Am Rande seines Bewusstseins verspürte er ein schwaches Gefühl , doch als er seine Aufmerksamkeit darauf richtete, verschwand es. Es gab keinen Ton. Aber als ihm etwas anderes einfiel, kam es wieder zurück.

Es war wie ein Bild, das in seinem Augenwinkel gefangen war. Da war nichts, aber manchmal glaubte man, aus dem Augenwinkel heraus etwas aufblitzen zu sehen. Wie heute Nachmittag....

Er schauderte bei der Erinnerung.

In seinem ganzen Leben konnte er sich an nichts erinnern, was ihn in so reine Panik versetzt hätte wie die abscheulichen unsichtbaren Berührungen, die er gespürt hatte. Was waren das für Geschöpfe?

Das war die Erde. Dies war sein Zuhause, es war der Ort, wo er hingehörte, und er konnte sich an nichts von Unsichtbarem erinnern ...

Ja! Ja, er erinnerte sich! Aber es stimmte immer noch etwas nicht, denn – er konnte sich nicht vorstellen, warum.

Er erinnerte sich an einen Spaziergang auf einer Wiese an einem Frühlingstag. Das Gras war üppig und üppig und die Sonne leuchtete glühend kupferfarben am Himmel. Er ging auf die Spitze eines Hügels zu. Ganz oben stand ein einzelner kleiner grüner Baum. Er wollte hinaufgehen, sich unter den Baum legen und ins Tal auf die Wiese schauen. Und neben ihm war – eine Präsenz. Er erinnerte sich, dass er sich umdrehte, um nachzuschauen, und – nichts. Da war nichts.

Aber das Gefühl der Anwesenheit neben ihm erfüllte ihn irgendwie mit Freude. Das war richtig. Es war nicht bedrohlich wie heute Nachmittag, es war eher – beruhigend. Denn das Geräusch, das der Skipdrive machte, war beruhigend. Es gab ihm ein gutes Gefühl. Doch als er sich umdrehte, war da nichts.

Er konnte sich nicht erinnern.

Was für eine Präsenz? Wie das Schiff? Nein, viel kleiner. Sogar kleiner als er selbst. Im Vergleich zum Schiff war er klein, ziemlich klein. Er war unendlich kleiner als die Masse eines Planeten. Und es gab Dinge auf dem Schiff, die kleiner waren als er.

Aber er konnte sich auf der Größenskala nicht ganz sicher einordnen. Er war größer als manche Dinge, wie die Suppenschüssel, und er war kleiner als andere Dinge, wie Planeten. Er muss mittelgroß sein. Aber näher an der Suppe als am Planeten.

Eine Frau ist eine Martha.

Er erinnerte sich, dass er das gerade gedacht hatte, als die Raketen abgefeuert worden waren. Es stand im Lied... Er pfiff ein paar Takte. *Ich hatte eine gute Frau, aber ich habe sie verlassen, oh, oh, oh, oh.*

Und es hatte etwas mit der erinnerten Präsenz zu tun, als er über die Wiese ging.

Aber was war eine Martha? Sie können ein Unsinnswort nicht durch ein anderes Unsinnswort definieren. Oder vielleicht, dachte er reumütig, kann man es nicht *anders definieren* .

Eine Frau ist eine Martha. Eine Frau ist eine Martha. Eine Martha ist eine Ehefrau.

Nichts.

Aber er spürte, wie die Kopfschmerzen wieder aufkamen.

Er ging wieder hinunter zur Kombüse und nahm die Suppenschüssel mit. Er legte es in die Waschmaschine und kramte in den Schränken herum, bis er die kleinen weißen Pillen fand, die seine Kopfschmerzen linderten. Er nahm drei davon, bevor er zurück in den Kontrollraum ging.

Er musste irgendwelche Pläne machen für – wofür? Flucht? Er wollte nicht fliehen. Er war zu Hause. Er wollte hier bleiben. Aber er musste irgendwie mit den Dingen klarkommen. Er fragte sich, ob sie getötet werden könnten. Es gab keine Möglichkeit, es zu sagen. Wenn man einen tötete, konnte man seinen Körper nicht sehen.

Und er hatte jedenfalls keine Waffen. Er müsste sie einfach überlisten. Er fragte sich, wie schlau sie waren. Und wie groß. Das würde einen großen Unterschied machen, wie groß sie wären.

Er ging zum Sichtfenster und drückte den Verschluss ein wenig. Es war dunkel. Er wollte nicht im Dunkeln rausgehen, das war zu viel. Das wäre ein zu großes Risiko. Er würde bis zum Morgen warten.

Trotz der Pillen wurden die Kopfschmerzen schlimmer, fast auf das wahnsinnige Ausmaß wie am Nachmittag. Er beschloss, dass er besser versuchen sollte zu schlafen.

3.

Colin und General Banning standen an der Schulter des Funkers im Zentralkontrollpunkt der Gila-Basis IV. Es war kurz nach Mitternacht. Bannings Müdigkeit war offensichtlich; Colin, der schon seit kürzerer Zeit dabei war, sah immer noch einigermaßen frisch aus.

Monoton brummte der Funktechniker: „Gila Control an *Phoenix, ich* komme bitte rein. Gila Control an *Phoenix, ich* komme bitte rein. Gila Control an *Phoenix, ich* komme bitte rein." Nach jeder dritten Wiederholung des Gesangs schaltete er auf „Empfangen" und lauschte kurz dem Summen und Knistern aus den Deckenlautsprechern.

„Gila Control to *Phoenix I* …"

„Übermittelt er immer noch den Notrufcode?" fragte Colin.

„Ja, Sir", sagte der Techniker. „Aber er könnte immer noch antworten, wenn er wollte. Distress wird von einem separaten Sender auf einer einzigen festen Frequenz betrieben. Der normale Sender ist nicht gebunden."

„Empfängt er?"

„Ich denke schon. Als wir ihm den Impuls ‚Nachricht kommt' gaben, schaltete er auf Empfang um. Das ist Stunden her."

„Vielleicht ist er auf die falsche Frequenz eingestellt", vermutete Banning.

Der Techniker blickte überrascht auf und nahm dann seine respektvolle Haltung gegenüber den Chefs wieder auf. „Nein, Sir. Sein Gerät ist ein Selbsttuner. Das Signal stellt den Empfänger automatisch auf die richtige Frequenz ein. Er versteht es, alles klar."

„Mit anderen Worten", sagte Colin, „Ihre Stimme wird über die Lautsprecher des Schiffes übertragen."

"Soweit ich sagen kann."

„Mm."

Colin lehnte sich gegen einen Kartentisch zurück und zog für einige Momente an seiner Pfeife.

„Bitte machen Sie weiter, Sergeant", sagte er schließlich. „Versuchen Sie es weiter. Aber ändern Sie das Geschwätz in ‚Bitte antworten', oder?"

„Welchen Unterschied macht das?" fragte Banning. „Das ist es jedenfalls, was ‚hereinkommen' bedeutet. Das Gleiche."

„Nur eine Idee", sagte Colin. „Warum ruhst du dich nicht etwas aus? Du siehst erschöpft aus."

„Was für eine Idee?" Sagte Banning und rieb sich die Stirn.

„Können Sie ein paar Kinderbetten in Ihr Büro bringen lassen?"

„Ja, aber was ist deine Idee?"

„Komm mit, ich erzähle dir davon", sagte Colin.

Sie verließen die Zentrale Kontrolle, während die Stimme des Sergeanten hinter ihnen erklang: „ *Gila Control an Phoenix, ich bitte um Antwort. Gila Control* … "

Als Colin Bannings Büro erreichte, schickte er einen der allgegenwärtigen bewaffneten Wachen hinter zwei Feldbetten her.

„Man kann nicht seine ganze Energie auf einmal abfeuern", betonte er, als Banning protestierte, dass er den Schlaf nicht brauche. „Wenn wir Harkins von diesem Schiff holen wollen, müssen wir selbst ziemlich gut in Form bleiben."

„In Ordnung", grummelte Banning. Er kochte Kaffee auf der Kochplatte in der untersten Schublade seines Schreibtisches und grinste Colin an wie ein kleiner Junge, der beim Keksklauen erwischt wurde. „Ich mag ab und zu einen kleinen Kaffee", erklärte er unnötigerweise.

Als sie sich mit dem Kaffee niedergelassen hatten, fragte Banning: „Also gut. Warum haben Sie ‚Bitte reinkommen' in ‚Bitte antworten' geändert?"

„Es ist weniger zweideutig", sagte Colin. „‚Komm bitte rein' könnte mehrere Bedeutungen haben."

„Also? Jeder mit so viel Radioerfahrung wie Harkins weiß, was ‚Komm bitte rein' bedeutet."

„Sie müssen sich an den Gedanken gewöhnen, dass Sie es hier nicht mit Harkins zu tun haben. Seien Sie mal ehrlich, das ist jemand, den Sie noch nie zuvor gesehen haben. Jemand, den Sie von Grund auf herausfinden müssen."

„Mm. Ich denke schon. Okay, warum die Änderung?"

„Nun –" Colin zögerte. „Zuallererst: Blindheit ist eine rein funktionelle Blockade. An seiner Sehkraft ist organisch nichts falsch."

„Ich bin immer noch nicht sicher, ob ich Ihrer blinden, tauben Idee zustimme", sagte der General zweifelnd.

„Nachdem ich den Filmstreifen noch einmal gesehen habe, bin ich mir so gut wie sicher. Ihr Colonel Harkins verhält sich genau wie ein Mann, der von etwas belästigt wird, das er nicht sehen kann."

„Also der Argumentation halber …" Banning nickte.

„In Ordnung. Vorausgesetzt, er möchte keine Menschen sehen – aus welchen Gründen auch immer –, dann gibt es mehrere Mechanismen, die er nutzen könnte."

„Er musste nicht einmal zurückkommen", betonte Banning.

„Das ist einer der Mechanismen. Aber er *ist* zurückgekommen. Warum? Problem eins, für die Zukunft. Mechanismus zwei: Katalepsie. Aussetzung aller *Empfindungen* und des Bewusstseins."

„Offensichtlich nicht der Fall."

„Richtig. Mechanismus drei", fuhr Colin fort und zählte die Punkte an seinen Fingern ab, „ *teilweise* Orientierungslosigkeit. Verlust der Wahrnehmung einer einzigen Klasse von Objekten, Menschen."

„Selbst das stimmt nicht ganz", sagte Banning. „Er hat Menschen *gespürt* ."

„Das stimmt. Und ich denke, das ist unser Eröffnungskeil. Von den möglichen Vermeidungsmitteln, die ich genannt habe, ist die teilweise Desorientierung die am wenigsten *erfolgreiche* . Sie bringt zu viele Widersprüche mit sich. Er wurde zum Beispiel durch die Mikrofone gestört. Warum? Weil Sie sind nur im Zusammenhang mit Menschen von Bedeutung. Kommunikation. Er müsste einige ausgefallene Wendungen vornehmen, um die Vorstellung von Menschen zu vermeiden. Das Gleiche gilt für jedes andere menschliche Artefakt. Irgendwie, um die Welt „vernünftig" zu machen Mit seinen eigenen Worten muss er die Existenz dieser Dinge erklären, ohne die Existenz von Menschen zuzugeben, die sie hergestellt und verwendet haben.

"Unmöglich."

„Beinahe. Es bedeutet, dass eine Facette seiner Persönlichkeit ständig Entscheidungen darüber treffen muss, was erkannt werden kann und was nicht. Sein Zensurmechanismus ist ständig darum bemüht, zu verhindern, dass bestimmte Daten sein Bewusstsein erreichen. Er muss rechtfertigen und erklären." *alle Daten* weg , die letztendlich auf die Existenz von Menschen hinweisen würden.

„Für was zum Teufel hält er *sich* ?" fragte Banning wütend.

„Ich habe keine Ahnung. Vielleicht ist das Problem zwei für die Zukunft. Auf jeden Fall ist dies, wie Sie betont haben, eine unmögliche Aufgabe. Jetzt, wo er auf der Erde ist, wo es so viel mehr Dinge zu erklären gibt, muss es unendlich viel schwieriger sein weg. Das wird eine enorme Belastung in seinem Innern darstellen. Es könnte ihn zerbrechen."

„Was würde das mit einem Mann machen?"

„Das weiß ich auch nicht", gab Colin zu. „Unser erstes Problem besteht jetzt darin, ihn aus dem Schiff zu holen. Und dazu müssen wir ihn kontaktieren."

„Deshalb hast du zu ‚Bitte antworten' gewechselt? Was nützt es überhaupt, wenn er es nicht hören kann?"

„Das ist der Punkt. Ich glaube, er *kann* es hören. Er kann es nicht *erkennen* , aber das ist nicht ganz dasselbe. Seine Trommelfelle vibrieren immer noch, die Daten kommen in Ordnung, aber sie erreichen das Bewusstsein nicht." Glücklicherweise ist es nicht immer notwendig, einen Reiz bewusst wahrzunehmen, bevor man darauf reagieren kann. Häufig führt eine anhaltende Stimulation knapp unter der Bewusstseinsschwelle zu einer Reaktion im Organismus. Unterschwellige Stimulation nennt man das. "

„Ja", sagte Banning, „ich habe davon gehört. Sie haben es in der Werbung verwendet, nicht wahr?"

„Für eine Weile. Bevor der Kongress den Datenschutzzusatz verabschiedete."

„Okay. Was nun?"

„Jetzt warten wir ab, ob es funktioniert. Ich werde ein Nickerchen machen. Weck mich auf, wenn etwas passiert."

Colin streckte sich auf einem der Feldbetten aus, verschränkte die Hände hinter dem Kopf und atmete bald tief durch, eine hervorragende Imitation des Schlafes.

Die Uhr auf Bannings Schreibtisch zeigte 4:33, als sein Kommunikator läutete. Banning war von seinem Bett aufgestanden und am Schreibtisch, bevor die ersten leisen Echos verklangen.

„Verbot. Ja ... ja ... alles klar, sofort."

"Was ist es?" fragte Colin.

„Sie haben etwas vom *Phoenix* bei Control.“

Als sie den Funkraum wieder erreichten, war ein anderer Techniker im Dienst. Er beobachtete aufmerksam das Gesicht eines Oszilloskops auf der Tafel vor ihm.

„Was ist passiert, hat er geantwortet?“ fragte der General.

vor ein paar Minuten haben wir angefangen, eine Trägerwelle auf seiner Sendefrequenz zu empfangen.“

Banning seufzte angewidert. „Ist das alles? Verdammt!“

"Was bedeutet das?" fragte Colin.

„Verdammt noch mal“, sagte Banning wütend. „Er hat einfach den Getriebeschalter umgelegt, das ist alles.“

„Sehen Sie, Herr.“ Der Funker zeigte auf das Oszilloskop. Der glatte Sinus des Trägers war jetzt leicht moduliert, unregelmäßige Einbrüche und Stöße traten rhythmisch auf. „Da kommt etwas durch, aber es ist verdammt schwach, Sir.“

„Erhöhen Sie Ihre Sensibilität“, befahl Banning.

Der Funker drehte langsam einen Knopf, und das Zischen und Knistern aus den Lautsprechern wurde lauter, bis jedes Knacken wie ein Schuss im Funkraum wirkte. Colin zuckte angesichts des Lärms zusammen.

„Maximum, Sir.“

„Dann steigern Sie Ihren Gewinn.“

Der Techniker hat es getan. Die Lautsprecher dröhnten jetzt und erfüllten den Raum. Ganz leise war hinter dem Schwall von Geräuschen ein weiteres, regelmäßigeres Geräusch zu hören. Der Rhythmus entsprach dem Joggen des Oszilloskops.

„Das ist es“, sagte Banning. „Aber was zum Teufel ist das?“

„Das tue ich nicht – Moment mal“, sagte Colin. „Er pfeift! Es ist eine Melodie.“

„Erkennen Sie es?“

„Nein – nein, es kommt mir irgendwie bekannt vor, aber –“

„Ich weiß es, Sir“, sagte der Funker. „Es ist ein altes Volkslied, *The Quaker's Wooing*.“

„Warum ist es so schwach?“ fragte Colin.

„Er muss verdammt weit vom Mikrofon entfernt sein", sagte der Techniker. „Klar am anderen Ende des Kontrollraums, würde ich sagen."

„Mach den verdammten Lärm leiser", sagte Banning. Der Funker drehte seine Kontrollen wieder auf mittlere Reichweite, und das donnernde Zischen aus den Lautsprechern verstummte.

„Nun", sagte Banning, „nichts. Wir hätten im Bett bleiben sollen."

„Ich bin mir nicht so sicher", antwortete Colin. „Immerhin *hat er* angefangen zu senden, und das ist mehr, als wir seit seiner Landung hatten. Ich denke, wir sollten besser so weitermachen."

„In Ordnung. Bleiben Sie dran, Sergeant."

"Jawohl."

Als Colin und Banning sich abwandten, hörte der Psychiater, wie der Sergeant begann, leise vor sich hin zu singen. Plötzlich blieb Colin stehen und drehte sich wieder zu dem Mann um.

"Was würdest du sagen?" er forderte an.

"Nichts, Herr."

„Was du gesungen hast, dieses Lied."

„Oh, es war das, was der Colonel gepfiffen hat, Sir. Es läuft einem im Kopf herum. Es tut mir leid, das wird nicht noch einmal passieren."

„Nein, ich möchte wissen, wie die Worte lauten. Was du gerade gesagt hast."

„Nun, es geht, ich meine, es fängt an, ich kann mich nicht an das Ganze erinnern –"

„Komm *schon* , Mann! Sing es!"

Mit unsicherer Stimme begann der Funker zu singen:

„ Ich hatte eine wahre Frau, aber ich habe sie verlassen, oh, oh, oh, oh.

Und jetzt ist mir das Herz gebrochen, oh, oh, oh, oh.

Nun, wenn sie weg wäre, hätte ich nichts gegen sie,

Foldy Roldy, hey, was machst du,

Finden Sie bald einen – „

„Das reicht, Sergeant", sagte Colin und entspannte sich. Er wandte sich an Banning. „Nun, General, das ist es. Der Keil geht etwas tiefer hinein."

"Wie meinst du das?"

„Ist Harkins verheiratet?“

„Ja, ja, ich denke schon. Sie wohnt im Offiziersquartier auf dem Stützpunkt.“

„Hol sie“, sagte Colin.

„Jetzt? Mein Gott, es ist noch nicht einmal fünf –“

„Hol sie“, wiederholte Colin. „Harkins hat sie im Kopf. Vielleicht können wir durch sie an ihn herankommen.“

Martha Harkins war eine kleine Brünette, zu unscheinbar, um jemals als hübsch bezeichnet zu werden. Fast mausig, dachte Colin. Aber trotz ihrer Nervosität ist sie intelligent und versteht die Situation schnell. Sie saß auf der gegenüberliegenden Seite von Bannings Schreibtisch, die Hände ruhig im Schoß gefaltet, die Finger verschränkt, während Colin erklärte, was sie tun sollte. Ihre immer noch schläfrigen Augen waren auf ihre Finger gerichtet, während der Psychiater sprach.

„Ich – ich glaube, ich verstehe“, sagte sie zögernd. „Es kommt darauf an, dass du willst, dass ich versuche, Dick aus *Phoenix herauszureden* .“

Colin nickte. „Es wird vielleicht nicht einfach sein. Ich habe Ihnen so viel über den Zustand seines Geistes erzählt, wie wir wissen. Er wird Sie aller Wahrscheinlichkeit nach nicht bewusst hören. Wir hoffen, tiefsitzende Emotionen unterhalb der bewussten Ebene anzusprechen. Sind.“ Bist du bereit, es zu versuchen?“

„Natürlich“, sagte sie mit echter Überraschung und blickte zum ersten Mal zu ihm auf.

„Gut“, sagte Colin herzlich. Er stand hinter dem Schreibtisch hervor. „Wir bringen Sie jetzt zum Radio.“

Banning wartete in der Zentrale auf sie.

"Jede Änderung?" fragte Colin.

„Nein. Das Gleiche. Manchmal kommt er näher an das Mikrofon heran. Wir können seine Schritte hören. Er scheint ziemlich ziellos durch den Kontrollraum zu wandern. Oder vielleicht führt er einfach nur die Flugroutine fort, das können wir nicht sagen.“ "

„Das ist Mrs. Harkins“, sagte Colin. „Allgemeines Verbot.“

„Vielen Dank für Ihr Kommen, Mrs. Harkins“, sagte der General. „Ich hoffe, das fällt dir nicht zu schwer.“ Er nahm ihre kleine Hand in seine eigene.

Martha Harkins lächelte schwach. „Eine Soldatin gewöhnt sich an so ziemlich alles, General."

„ Das stimmt leider . Wenn du mitkommst, stelle ich dir deinen Techniker vor. Hat Dr. Meany erklärt, was wir von dir erwarten?"

"Ja, ich denke schon."

"Gut."

„Nur eine Sache, Mrs. Harkins", warf Colin ein. „Das kann einige Zeit dauern. Möglicherweise möchten wir, dass Sie ein Band mit der Bitte, das Schiff zu verlassen, herausschneiden, wenn wir keine Antwort von Ihnen erhalten." Live-Stimme. Wiederholung ist das Wichtigste und der Klang Ihrer Stimme.

„In Ordnung. Ich werde tun, was immer du sagst." Sie wandte sich kurz ab, aber nicht bevor Colin die ersten Tränen in ihren Augen sah.

Banning führte sie zur Funkkonsole, sah sie dort sitzen und in die Verwendung der Ausrüstung einweisen und kehrte zu Colin zurück.

"Was denken Sie?" er sagte.

„Das wird sie tun."

"Wird es funktionieren?"

„Woher zum Teufel soll ich das wissen?" antwortete der Psychiater grob.

Sie schwiegen einen Moment und beobachteten die kleine Gestalt der Frau, die sich angespannt über das Mikrofon beugte, als könne sie durch ihre Nähe ihrem Mann Gehör verschaffen.

„Weißt du", sagte Banning nachdenklich, „ich habe das Gefühl, dass das alles irgendwie die Schuld von SpaServ ist . Irgendeine Kleinigkeit, die wir übersehen haben. Vielleicht ein bisschen mehr Training."

Die sanfte Stimme der Frau dröhnte weiter und erreichte die beiden Männer nicht ganz deutlich, obwohl die Wärme und Dringlichkeit in ihrem Ton deutlich zu erkennen war.

„Ich denke, du hast deine Ausbildung gut gemacht", sagte Colin schließlich. „Er ist zurückgekommen, nicht wahr?"

4.

Harkins schlief nur leicht und drehte sich unruhig in dem großen Kontrollsessel. Schließlich verstärkten sich seine Kopfschmerzen so sehr, dass er überhaupt nicht mehr schlafen konnte , auch nicht leicht. Kurz bevor er aufwachte, glaubte er ein Geräusch zu hören, das gleichzeitig unerträglich laut und irgendwie beruhigend war. Was natürlich unmöglich war.

Als er den Fensterladen einen Spalt öffnete, stellte er fest, dass das Land draußen von der falschen Morgendämmerung, die sich über die östlichen Hügel auszubreiten begann, mehrdeutig erleuchtet war.

Er nahm noch mehrere weiße Tabletten gegen seine Kopfschmerzen. Kurz überlegte er, etwas zu essen, ließ die Idee aber fallen. Der Schmerz war so stark, dass er glaubte, er könne nichts unterdrücken.

Er stellte fest, dass die Illusion, die er gestern bemerkt hatte – das Flüstern, das er beim Versuch nicht hören konnte – immer noch da war. Jetzt war es noch schlimmer.

Überall um ihn herum war der flackernde Schatten eines Geräusches, das seine Aufmerksamkeit forderte und forderte. Und dennoch – als er versuchte, es zu hören, war es weg.

Er drückte seine Knöchel gegen seine Stirn und kniff die Augen fest zusammen.

Wenn er nur etwas tun könnte, um von den Kopfschmerzen und dem schwer fassbaren Geräusch abzulenken … Aber es gab nichts zu tun. Da weder der Skipdrive noch die Atomraketen in Betrieb waren, verfügte er nicht einmal über die routinemäßigen Energiekontrollen , die ihn beschäftigt hätten.

Warum bin ich dann hier?

Seine Aufgabe bestand darin, das Schiff zu steuern. So viel wusste er ohne Zweifel. Und er war gut geeignet, es zu bedienen. Seine Hände waren richtig geformt, um die Bedienelemente zu bedienen, und er konnte dies automatisch tun, ohne darüber nachzudenken. Er war Schiffsbetreiber.

Aber das Schiff war nicht in Betrieb...

Welche Funktion hatte er damals, als das Schiff nicht in Betrieb war?

Die anderen Steuergeräte schalten sich automatisch ab, wenn sie nicht steuern. Vielleicht war in seinem Abschaltrelais etwas schief gelaufen.

Das war es auch nicht. Er war nicht dasselbe wie die anderen Kontrollmechanismen. Er war anders. Unterschiedliche Materialien, unterschiedliche potenzielle Funktionen in seiner Struktur, alle möglichen Unterschiede.

Aber selbst wenn es wahr wäre, dass er *nicht* abschalten sollte, wenn er nicht als Schiffsführer fungierte, was sollte er dann tun?

Denken Sie darüber nach. Überlegen Sie sich die Sache sehr genau.

Schmerzen waren ein Zeichen für Funktionsstörungen. In Ordnung. Er funktionierte also nicht richtig, und das wusste er an den starken Schmerzen in seinem Kopf. Wenn er die Kopfschmerzen loswerden könnte, würde er gleichzeitig seine richtige Funktion wiederfinden.

Schritt eins: Befreien Sie sich von den Kopfschmerzen. Und das musste er trotzdem tun, denn solange er es hatte, war er nicht in der Lage, klar zu denken.

Die Kopfschmerzen ließen mehrmals nach und kamen dann wieder zurück. Das bedeutete, dass er gute Leistungen erbracht hatte und dann in die falsche Richtung abgedriftet war. „Falsch“ war das Wort, das ihm in den Sinn kam. Falsch. Er war in eine Fehlfunktion geraten, und das Wort dafür lautete „Falsch“, und als Folge davon waren seine Kopfschmerzen zurückgekehrt.

In Ordnung. *Wann* waren die Kopfschmerzen gelindert?

Er versuchte zurückzudenken. Das erste Mal, das erste Mal, war, als er die bedeutungslosen Worte ins Mikrofon sprach und seine geschätzte Zeit bis zum Ziel verkündete. Und dann, als er die Sichtfenster geschlossen hatte. Und den Empfangsschalter betätigen ...

Was hatten diese Aktionen gemeinsam? Welchen Faktor hatten sie gemeinsam?

Nur eine Sache. Eigentlich zwei. Erstens hatten sie irgendeine Verbindung mit dem Sende-Empfangs-Gerät. Zumindest zwei der drei taten es. Der andere Faktor, den alle drei Akte gemeinsam hatten, war, dass sie fast ohne seinen bewussten Willen erfolgten.

Das könnte dann der entscheidende Faktor sein. Dass er ohne Willen handelt
.

Entspannen. Vollständig. *Erlaube* dir zu handeln.

Er lehnte sich im Kontrollstuhl zurück und versuchte, seinen Geist auszublenden, versuchte, seinem Körper keine Befehle zu erteilen.

Ohne Willen, ohne Wollen.

Er schloss die Augen.

Lange Zeit gab es nichts. Dann hörte er das Surren von Servomotoren. Er öffnete die Augen, tastete vorsichtig mit seinen Gedanken ab ... und die Kopfschmerzen hatten nachgelassen.

Er warf einen Blick auf die Konsole, um zu sehen, was er getan hatte. Über der Aufschrift AIRLOCK leuchtete eine rote Glühbirne. Dann hatte er den Luftschleusenschalter umgelegt. Und es war für ihn die „richtige Funktion“, weil die Kopfschmerzen nachgelassen hatten. Aber das Flüstern außerhalb der Reichweite hatte nicht nachgelassen.

Die Luftschleuse? Er schüttelte verwirrt den Kopf. Aber die Technik schien zu funktionieren. Was jetzt?

Er schloss die Augen wieder und dieses Mal war die Verzögerung kürzer. Bevor er hinschaute, wusste er, was passiert war. Er hatte die Landeleiter heruntergelassen.

Nun, das wurde offensichtlich. Er sollte das Schiff verlassen.

Und doch waren die Kopfschmerzen am schlimmsten gewesen, als er das Schiff verlassen *hatte* . Was bedeutete das? Es schien zu bedeuten, dass es eine falsche Entscheidung war, das Schiff zu verlassen. Diesmal war es jedoch deutlich zu erkennen, da er die Luftschleuse öffnete und die Leiter herabließ.

Nun, was einmal eine falsche Funktion war, könnte ein anderes Mal durchaus die richtige Funktion sein. Das könnte passieren.

Verlasse das Schiff....

Dieser Gedanke hatte einen Hauch von Freundlichkeit und Wärme und die Kopfschmerzen ließen nach.

„ *Bitte verlasse das Schiff, Dick...* " Es war fast so, als ob er eine Wärme in der Luft hören könnte, die ihm das sagte.

Versuchen Sie es mit der Alternative. Bewusst dachte er: *Bleiben Sie im Schiff* .

Ein Schmerz schoß seinen Hinterkopf hinauf und über den Kopf, um sich wirbelnd und quälend in seinen Schläfen niederzulassen.

Verlasse das Schiff , dachte er schnell und der Schmerz ließ nach.

Klar genug.

Er stand auf und ging vorsichtig aus dem Kontrollraum über den Laufsteg zur Luftschleuse, die offen stand und darauf wartete, ihn aus *Phoenix I herauszulassen ...*

Ein aufgeregter Unteroffizier schlug die Tür zum Funkraum auf und rief: „Die Luftschleuse öffnet sich!"

Banning und Colin stürmten zum breiten Fenster und starrten auf die massige Gestalt von *Phoenix I* , die monolithisch auf dem Landeplatz ruhte. Banning nahm dem Unteroffizier das angebotene Fernglas entgegen und richtete es auf die breite Flanke des Schiffes.

„Es ist offen, in Ordnung", sagte er. "Hier." Er reichte Colin das Fernglas.

Nach einer langen Verzögerung glitt die Landeleiter an der Seite des Schiffes hinunter.

„Ich denke, er wird herauskommen."

"Da ist er."

"Was macht er?"

„Steht in der Luftschleuse und schaut sich um. Jetzt fängt er an, herunterzukommen. Jetzt ist er am Ende der Leiter und schaut sich wieder um … Jetzt geht er diesen Weg."

„Gib mir die Brille", sagte Banning. Er schaute lange um und vergewisserte sich, dass sich die Richtung des Colonels nicht änderte. „Komme immer noch hierher", sagte er und stellte die Gläser vorsichtig auf den Tisch am Fenster. Er drehte sich um und sah den Psychiater an. "Was jetzt?"

Colin zuckte mit den Schultern. „Nimm ihn."

"Sergeant!" Banning hat angerufen. „Sergeant, nehmen Sie fünf Männer …"

Der Raum, in dem sie ihn unterbrachten, war komfortabel und sicher. Sehr sicher. Das Bett war fest mit der Wand verschweißt, der Tisch mit dem Boden verschraubt. Es gab nichts Bewegliches oder Abnehmbares im Raum.

Die drei Mikrofone nahmen nur das Schlurfen der Füße wahr; Kameras prägten pflichtbewusst das Bild eines Mannes auf Film ein, der ruhelos auf und ab ging und die Einrichtung des Raumes ohne erkennbare Angst oder Neugier untersuchte.

„Überhaupt kein Problem", antwortete Banning auf Colins Frage. „Er hat die Streife nicht einmal gesehen. Spritzer Somnol in den Arm und das wars."

„Er scheint nicht besonders verärgert zu sein", sinnierte Colin und beobachtete den Bildschirm, auf dem die schlanke Gestalt von Colonel Harkins auf und ab ging.

„Nervös", sagte Banning.

„Nicht so schlimm, wie es die Situation rechtfertigen würde. Ich glaube nicht, dass es bei ihm durchdringt. Er ist apathisch."

„Wie hat er reagiert, als er seine Frau sah?" fragte Banning.

„Hat ihn verwirrt. Hat ihm höllische Kopfschmerzen bereitet."

"Das alles?"

"Das ist alles."

"Was jetzt?"

Colin seufzte. „Gehen Sie irgendwie zu ihm durch." Er stopfte Tabak in seine Pfeife, den Blick immer noch auf den Spionageschirm gerichtet . Harkins saß jetzt auf dem Bett, die Hände bewegungslos auf den Knien, und starrte geradeaus.

„Wie wollen Sie das machen?"

Colin griff nach einem Block Papier und begann zu kritzeln, während er schrieb. „Wie fütterst du ihn?"

„Doppeltüriges Fach. Lebensmittel hineinlegen, Außentür schließen, Innentür öffnen."

„Legen Sie das das nächste Mal auf sein Tablett, ja?" Colin reichte dem General einen Zettel. Darauf stand ein einziger Satz: *Richard Harkins, ich möchte mit Ihnen sprechen.*

„In Ordnung", sagte Banning, als er es las. „Er muss in etwa einer Stunde zu Mittag essen."

Auf dem Bildschirm konnte Colin sehen, wie das Licht über dem Lebensmittelfach anging und die Mikrofone das Geräusch einer Glocke aufnahmen. Harkins, der sich seit seiner ersten Untersuchung der Kabine nicht vom Bett bewegt hatte, blickte auf. Die Innentür des Fachs öffnete sich und gab den Blick auf ein Tablett mit mehreren dampfenden Schüsseln, einem Krug Milch und einer Kanne Kaffee auf einer selbstwärmenden Unterlage frei.

Harkins stand auf. Er betrachtete das Essen, ging zu der winzigen offenen Tür und nahm das Tablett. Ruhig trug er sie zum Tisch, setzte sich, faltete die Serviette auseinander und legte sie in seinen Schoß.

„Mein Gott", flüsterte Banning, „man könnte meinen, er hätte sein ganzes Leben lang so gegessen."

„Apathisch", sagte Colin knapp. „Er weigert sich, etwas Ungewöhnliches zuzugeben."

„Wie zum Teufel konnte er sich erklären, dass er das Bewusstsein verlor und in einem fensterlosen Raum aufwachte?"

Colin zuckte mit den Schultern. „Gehirn ist eine lustige Sache", war sein einziger Kommentar. Seine Augen waren aufmerksam auf den Bildschirm gerichtet. Plötzlich bemerkte Harkins den Zettel, der unter der Ecke einer der Schüsseln steckte.

Colin beugte sich vor und nahm seine Pfeife aus dem Mund.

Harkins zog das Papier heraus und betrachtete es. Sogar auf dem Bildschirm konnte Colin die Schrift sehen und fast die Worte verstehen.

Harkins starrte kurz auf das Papier, drehte es um und blickte verwirrt auf die andere Seite. Er rieb sich den Nacken und runzelte die Stirn.

Schließlich zuckte er leicht mit den Schultern, legte die Nachricht zurück auf das Tablett und aß weiter.

Colin lehnte sich schwerfällig in seinem Stuhl zurück. Er seufzte.

„Er hat es nicht einmal gesehen", sagte Banning angewidert.

„Er hat das Papier gesehen, nicht die Nachricht."

"Warum?"

„Persönliche Kommunikation. Sie impliziert die Existenz einer anderen kommunizierenden Entität. Er wird es nicht zugeben." Colin zündete seine Pfeife erneut an.

„Ah, verdammt!"

„Ich denke, wir müssen den direkten Ansatz wählen", sagte Colin nachdenklich.

Er lag entspannt auf dem Bett im kleinen Zimmer, die Augen geschlossen, sein Gesicht ruhig und still. Puls normal, Temperatur normal. Über und in den Wänden schnurrten Rekorder und Kameras fast lautlos mit der milden Gleichgültigkeit der Allwissenheit.

Harkins.

Ja.

Können Sie mich hören?

... nein ... Die Anspannung der Frage verzerrte das Gesicht des Mannes zu einer schmerzerfüllten Grimasse.

Pause. Dann:

Sie sind Richard Harkins.

Ja.

Oberst....

Ja.

Können Sie mich hören?

Ich.... Nein. Ängstliche Verrenkung. In Ordnung. Es ist alles in Ordnung.

Das Gesicht des Mannes entspannte sich wieder.

Wie alt bist du?

Zweiunddreißig.

Warst du schon immer zweiunddreißig?

...

Warst du schon immer zweiunddreißig?

... nein ... Zögernd.

Du warst einmal jünger.

Ja.

Du warst ein Kind und wuchsst zu einem jungen Mann heran und wurdest zweiunddreißig.

... Ja ...

Warum zögerst du?

Ich verstehe nicht alle Wörter, die du sagst.

Welche Wörter verstehst du nicht?

Nun ja – Mann. Der Ausdruck von Schmerz und Angst huschte über seine entspannten Gesichtszüge.

Ich werde die Wörter später erklären. Machen Sie sich jetzt keine Sorgen um sie.

In Ordnung.

Richard Harkins, wir gehen zurück in die Zeit, als Sie neunzehn waren. Du bist neunzehn Jahre alt. Du bist neunzehn.

Wie alt bist du?

Neunzehn.

Was machst du?

Ich – ich bin ein Kadett, ich –

Was für ein Kadett?

... SpaServ ...

Also gut, jetzt machen wir zwei Jahre weiter. Du bist einundzwanzig Jahre alt. Einundzwanzig. Wie alt bist du?

Nach und nach brachte Colin Harkins vorsichtig im Takt voran und tastete sich behutsam durch die dunklen Korridore seines Geistes. Er brachte ihn durch die Kadettenausbildung, den Schulabschluss, seine Heirat mit Martha (empfindlich: sanft, sanft) – seinen Dienst in der Planetenflotte.

Dann: ein mysteriöser Satz; Gerüchte – Phoenix-Projekt.

– Niemand scheint es zu wissen. Etwas Geheimnisvolles, aber niemand verrät es. Dieses Jahr ist alles geheim. Testende Beamte rechts und links und oben und unten. Aber niemand weiß wofür...

... Karte wartet beim Frühstück auf mich ...

Monatelange Tests. Noch weiß es niemand, aber die Gerüchte verbreiten sich schnell und heftig. Die ganze Basis ist mit dem nebligen Phoenix-Projekt beschäftigt. Geheimer Bauhangar, Sicherheitsvorkehrungen bis zur Absurdität....

... ich bin es! ...

... es ist ein Antrieb, der schneller als Licht ist, das ist Phoenix Project. Schneller als das Licht. Der große Traum, der Traum der Sterne ...

Ausbildung. Langsamer durch die zwei Jahre intensiven Trainings. Dies kann eine kritische Phase sein. Zwei Jahre, endlose Wiederholungsübungen, Übungsübungen, Übungen, Übungen ... Colins Stirn fühlt sich kühl an, als er neben dem Bett sitzt. Schweiß. Ein Blick auf seine Uhr zeigt ihm, dass seit Beginn zwei Stunden vergangen sind.

Wie haben Sie dieses intensive Training empfunden?

In Ordnung. Es war alles richtig. Langweilig, wissen Sie, aber im Großen und Ganzen war alles in Ordnung. Nach dem ersten Jahr ging es ziemlich automatisch. Konditionierte Antwort, ich musste nicht nachdenken. Wenn so und so etwas passiert, drücken Sie diesen Knopf, legen Sie diesen Schalter um. Automatisch.

Automatisch, dachte Colin. Deshalb ist er damals zurückgekommen. Ohne Willenskraft, entsprechend der Ausbildung auf gegebene Signale reagieren.

... auf das Schiff zugehen. Sie ist groß und massig, aber wir sind mittlerweile Freunde. Jetzt klettere ich die Leiter hinauf zur Schleuse ...

... dem Countdown lauschen ... zwei ... eins ... Feuer! ...

Harkins grunzte, als die wiedererlebte Beschleunigung ihn mit einem unerbittlichen und unverminderten Druck in den Kontrollsessel zurückschleuderte. Er schwieg dreißig Sekunden lang.

... ohnmächtig, nicht lange. Melde dich bei der Gila-Basis, der Start ist erfolgreich. Sie erkennen an, geben mir Kurs. Ich bewege mich „nach oben", im rechten Winkel zur Ebene der Ekliptik. Der schnellste Weg, großen Massenkörpern zu entkommen ...

Zeit auf Atomraketen, fast ein ganzer Tag. Colin überflog diese Phase, die Routine war. Soweit er es beurteilen konnte, waren Harkins' Pflichten hauptsächlich darauf ausgerichtet, zu verhindern, dass es ihm langweilig wurde, bevor es Zeit war, den Skipdrive einzuschalten , und das stimmte mit dem überein, was General Banning ihm gesagt hatte.

Als er sich der Zeit des Sprungs näherte, bewegte er sich langsamer und nahm die Details in Augenschein.

... Drei-Minuten -Glocke. Die Glocke hat einen schönen Klang. Ich überprüfe noch einmal die Steuerung. Alles ist gut. Ich sitze auf dem Kontrollstuhl und lege die Hände entspannt auf die Enden der Armlehnen. Wenn meine Finger die Knöpfe berühren, kribbeln sie oder scheinen es zu tun. Wir sind alle bereit. Da ist die Zwei-Minuten -Glocke ...

Pause.

Eine Minute klingelt ...

Plötzlich saß Harkins steif auf dem Bett. Seine Augen öffneten sich und starrten ängstlich und ungläubig auf etwas, das Colin nicht sehen konnte.

„Oh mein Gott", flüsterte er.

Was ist es?

Aber es gab keine direkte Antwort. Harkins wiederholte:

Oh mein Gott, mein Gott, mein Gott ...

Was siehst du? Was ist dort?

Oh Jesus, die Sterne, die Sterne, die Sterne Gott im Himmel, ich kann nicht, Jesus, sie gehen lassen, sie gehen lassen, sie gehen lassen ...

Seine Stimme war fast zu einem Schrei angewachsen, seine Augen weit aufgerissen und starrend, sein Körper steif.

Mit einem Wimmern schloss er die Augen und ließ sich zurück auf das Bett fallen. Er zog seine Knie langsam und ruckartig an die Brust, als ob er sich der Bewegung widersetzen würde, und schlang seine Arme fest um seine Beine.

Er begann sanft hin und her zu schaukeln, als wäre er in Wasser getaucht, und sein Atem machte ein unwillkürliches heulendes Geräusch, als er durch seine zugeschnürte Kehle floss.

Bewegen Sie sich rechtzeitig vorwärts. Geh weiter. Du kommst aus dem Container. Du kommst aus dem Container. Sie kehren in den Normalraum zurück.

Colins Stimme war ruhig und ruhig über dem hohen Jammern, das aus der Kehle des Mannes auf dem Bett kam. Plötzlich entspannte sich sein Gesicht. Die Augen blieben geschlossen, aber geschlossen wie im Schlaf, nicht wie im Kummer. Seine Arme und seine Schulter lösten ihren festen Griff um seine Knie.

Gleichmäßig und sanft streckte er seine Beine auf dem Bett aus, seine Füße gruben sich in die Bettdecke und rollten sie unten zusammen. Schließlich lag er da, wie er begonnen hatte, ausgestreckt, die Hände neben den Oberschenkeln, und sein Gesicht entspannte sich. Als er sprach, war es in einem normalen, fast gesprächigen Ton.

... brüllte. Ich mag den Klang dieser Glocke, er ist entspannend. Das ist ein gutes Signal und ich bin froh, dass es so passiert. Ich stehe vom Kontrollstuhl auf und strecke mich. Ich habe das starke Gefühl, dass etwas sehr Angenehmes passiert ist.

Wie fühlen Sie sich? Fühlst du dich seltsam?

Nein, mir geht es gut. Alles ist gut. Ich überprüfe die Instrumente und sie zeigen an, dass ein Sprung abgeschlossen wurde. Das ist gut. Ich weiß nicht – ich weiß nicht – irgendwie kann ich mich nicht erinnern, warum ich ...

Seine Stimme brach verwirrt ab. Colin wartete und eine Minute später begann Harkins erneut zu sprechen.

... das Geräusch des Skipdrive hören . Es tröstet mich. Komisch, ich kann mich nicht erinnern, es jemals zuvor gehört zu haben ...

Gehen Sie vorher zurück. Geh zurück. Sie hören die einminütige Glocke. Sie können die einminütige Glocke hören und sind bereit für Ihren Skip. Sie bereiten sich gerade auf Ihren Skip vor.

Harkins richtete sich wieder auf und wiederholte seine Aktionen. Er schrie und schrie, sein Körper wurde ruckartig in die fötale Position gezwungen ...

OH GOTT, DIE STERNE, DIE STERNE, DIE STERNE

Wimmern.

Vorwärts gehen. Du kehrst in den Normalraum zurück....

Mir geht es gut, alles ist gut. Ich überprüfe die Instrumente ...

Geh zurück....

Es gab keine Abschwächung.

Colins Hemd war schweißnass auf seinem Körper, sein Gesicht sah alt und älter aus, sein Atem ging in fast unmerklichen Zittern , aber seine Stimme blieb ruhig und sicher, in heftigem und deutlichem Kontrast zu der Anspannung, die deutlich als Alter in seinem Gesicht zu erkennen war –

Geh weiter....

Zurückgehen....

Dreiundzwanzig Minuten später schloss Colin die Augen und sagte:

Zehn Minuten später werden Sie erfrischt und entspannt aufwachen, wie nach einem erholsamen Schlaf. Sie werden wach und frisch sein, wenn Sie aufwachen. Sie werden sich fühlen, als hätten Sie gerade ein angenehmes Nickerchen gemacht. Sie werden sich an nichts erinnern, was passiert ist, während Sie geschlafen haben, aber Sie werden sich frisch und entspannt fühlen, wenn Sie zehn Minuten nach dieser Zeit aufwachen.

Er beendete mechanisch die Aufwachformel und verließ das kleine Zimmer. Er ging langsam und bedächtig zu seinem Quartier auf dem Stützpunkt, als ob er sich streng unter Kontrolle halten würde. Auf Bannings aufgeregte Fragen antwortete er nicht, außer dass er sagte: „Ich kann jetzt nicht darüber reden.“

Als er sein Zimmer erreichte , ließ er sich der Länge nach auf das Bett fallen und schlief ein, kaum dass das Schwanken des Bettes verstummt war.

5.

Einige Stunden später war er erneut im Büro von General Banning.

„Hören Sie“, sagte Banning, „es tut mir leid, dass ich darauf dränge, und ich weiß, dass Sie da drin eine Menge Prügel abbekommen haben. Aber wir müssen es wissen.“

Colin nickte mürrisch. „Ich weiß. Die Verzögerung tut mir leid.“

„Du sahst eher tot als lebendig aus, als du herauskamst.“

„Ich fürchte, mir mangelt es zu sehr an Empathie und zu wenig an Objektivität, um so etwas zu täuschen. Einer der Gründe, warum ich in meiner eigenen Praxis nicht oft solche großen Entladungen auslöse , irgendwie. Keine Distanzierung, oder nicht genug.“

„Was war da? Drinnen, wenn du es so ausdrücken willst.“

Colin seufzte und zog gedankenverloren seine Pfeife aus der Jackentasche. „Konkret kann ich es Ihnen nicht sagen. Er hat etwas gesehen oder erlebt, als er in den Skip ging. Es war etwas so verdammt Großes, dass es ihn seiner Orientierung als Mensch beraubte.“

„Die Filme zeigen ihn, wie er eine fötale Position einnimmt. Das meinen Sie?“

„Nun – im Grunde ist diese Art von Rückschritt eine Verleugnung der Verantwortung. ‚Ich bin kein Mann‘, sagt er. ‚Ich bin nur ein ungeborenes Kind. Passen Sie auf mich auf.‘ Das Individuum will nicht an den Problemen und Verantwortlichkeiten des Erwachsenseins teilhaben. Harkins ist daraus hervorgegangen, sonst hätte er das Schiff nie zurückbekommen können. Aber er konnte es nicht ertragen, ein Mann zu sein. Nur so konnte er seinen Verantwortlichkeiten nachkommen, und „Überleben“ bedeutete, die Kategorie abzuschaffen, Mann.“

Colin lehnte sich zurück und seufzte. „Weißt du“, sagte er nachdenklich, „Harkins muss der einsamste Mensch sein, der je gelebt hat. Gott!“

Nach einem Moment blickte er auf. „Haben Sie jemals etwas von Emerson gelesen?“

„Der Philosoph Emerson? Nein, nicht viel. Einige vielleicht, als ich auf dem College war. Warum?“

„Nichts Besonderes. Ich habe gerade an einen Aufsatz von ihm über die Natur gedacht.“

„Nein, ich habe es nicht gelesen. Nun“, fuhr er fort und stand auf, „wohin gehen wir von hier aus?“

„Mehr vom Gleichen, fürchte ich. Wir müssen herausfinden, was er gesehen hat. Was war so – gewaltig, dass es einen Mann dazu bringen könnte, die Existenz anderer Männer zu leugnen.“

Die Nacht kam über die Gila-Basis IV; in der zweiten Nacht nach der Landung der *Phoenix I*. Die Dunkelheit stieg aus den östlichen Hügeln und breitete sich nach oben in den Himmel und über die Ebene der Wüste aus. *Phoenix I* befand sich immer noch auf dem Landeplatz, aber seine Seiten waren von einem Netz aus Gerüsten und Gerüsten verdeckt, während Basistechniker darüber kletterten, um zu testen, zu prüfen und zu untersuchen.

Colin bestand darauf, die Basis zu verlassen und die zwanzig Meilen lange Fahrt in die Stadt und zu seinem Zuhause auf sich zu nehmen. Banning war zu müde, um darüber zu streiten. Er gab dem Psychiater einen Sicherheitsausweis und ging in seinem eigenen Büro zu Bett.

Colins Auto sauste über den breiten Beton auf die kleine Lichtergruppe zu, die Gila City markierte. Als er den Stadtrand erreichte, verlangsamte er das

Tempo und beobachtete, wie das blaue Licht der Natriumdampflampen an der Decke über die Motorhaube und über die Windschutzscheibe glitt.

Als er seine Wohnung erreichte, schaltete er das Licht ein und ging hinein. Es war ein einziger Raum, dessen zwei Wände mit vom Boden bis zur Decke reichenden Bücherregalen bedeckt waren; Es gab einen Schreibtisch und einen gepolsterten Stuhl. Automatisch wanderten seine Augen mit dem fragenden Blick eines heimkehrenden Mannes durch den Raum; Sie verweilten ängstlich auf dem ordentlichen Stapel ungeöffneter Post, den die Putzfrau genau in die Ecke des Schreibtisches gelegt hatte. Er seufzte. Ganz gleich, wie beschäftigt ein Mann war, der Rest der Welt machte trotzdem weiter.

Er ging in die kleine Küchenzeile, machte sich eine Tasse Instantkaffee und kehrte in den Hauptraum zurück, wo er geistesabwesend umrührte. Er ließ sich schwerfällig auf dem gepolsterten Stuhl nieder.

Ein plötzlicher Gedanke kam ihm, er stellte den Kaffee auf die Kante seines Schreibtisches und ging zu einer Bücherwand. Er überflog die bunten Buchrücken, bis er das dünne Taschenbuch fand, nach dem er suchte. Er nahm es herunter und ging zurück zum Stuhl. „Nature", stand auf dem Cover, „von Ralph Waldo Emerson."

Er legte die kleine Broschüre aufgeschlagen in seinen Schoß, holte Pfeife und Tabak aus seiner Jackentasche, stopfte die Schüssel voll und zündete sie an. Er rutschte mühelos auf dem Stuhl hin und her und machte es sich gemütlich.

„*Unser Zeitalter ist retrospektiv*", begann die Einleitung. *Es baut die Gräber der Väter ...*

Er las weiter und glitt über die vertrauten Wörter mit einem angenehmen Gefühl der Vertrautheit, dem Gefühl, eine Idee mit einem angesehenen Freund zu teilen.

Um in die Einsamkeit zu gehen, muss sich ein Mann sowohl von seinem Zimmer als auch von der Gesellschaft zurückziehen. Ich bin beim Lesen und Schreiben nicht allein, obwohl niemand bei mir ist.

Die nächste Zeile des Aufsatzes ließ ihn aufrecht im Stuhl sitzen. Er las es zweimal durch, dann schloss er die Broschüre und stellte sie vorsichtig zurück in das Bücherregal, mit dem vagen Gefühl, entweder betrogen oder geholfen worden zu sein, er konnte nicht sagen, was.

Als er gerade das Licht ausmachte, um zu Bett zu gehen, summte sein Kom. Als er antwortete, erkannte er die Stimme von Bannings Sekretärin.

„Mr. Meany, können Sie sofort zur Basis zurückkehren? Es ist etwas passiert.“

"Was ist es?" Colin schnappte.

Phoenix I zurückgekehrt .“

„… verstehe genau , *wie* es passiert ist“, sagte Banning. „Er schien friedlich zu schlafen, und einer der Männer ging ins Zimmer, um seinen Müll rauszubringen, Herrgott noch mal. Als sich die Tür öffnete, rannte er los.“

Die beiden Männer standen im Kontrollraum vor der breiten Fensterwand und blickten auf den Landeplatz. *Phoenix I* , immer noch von Gerüsten umgeben, wurde hell erleuchtet im grellen Licht von einem Dutzend Scheinwerfern, die von den Gebäuden der Gila-Basis und den Lastwagen auf dem Feld ausstrahlten.

„Kann er es ausziehen?“ fragte Colin.

„Das glaube ich nicht“, sagte Banning. „Sergeant, ist Treibstoff in diesen Tanks?“

„Ja, Sir“, sagte einer der Männer aus der Gruppe, die sich vor dem Fenster drängte. „Aber das Zufuhrventil ist geschlossen. Es kann nicht in die Schusskammern gelangen.“

„Was würde passieren, wenn er es versuchen würde?“ fragte Colin.

„Nichts“, sagte Banning. „Es würde nicht feuern. Es sei denn – es sei denn, er achtete nicht auf das Brett und ließ seine Hotpoints eingeschaltet, nachdem er sah, dass es nicht feuerte.“

„Was sind Hotpoints ?“

„Die Zündelemente. Sie würden bei ständiger Erhitzung schmelzen und – na ja, dann hätten wir kein Problem mehr. Die Tanks würden kaputtgehen.“

„Du solltest besser das Feld räumen“, sagte Colin nach einer Minute leise. „Sergeant“, sagte er zum Funker, „würden Sie der *Phoenix* einen „Nachricht kommt“-Piepton geben?“

Der Funker tat es und sagte dann zu Colin: „Mach weiter.“

„Empfängt er?“

"Jawohl."

„Colonel Harkins“, sagte Colin. „Colonel Harkins, können Sie mich hören?“

Die Lautsprecher summten.

„Colonel Harkins, bitte antworten Sie.“

Die Lautsprecher sind einmal kaputt gegangen. Der Ton von Harkins' Pfeife ertönte, zuerst laut, dann verklang er. Er pfiff die gleiche Melodie wie zuvor.

„*... hatte eine wahre Frau, aber ich habe sie verlassen, oh, oh, oh, oh ...*“

„Willst du sie wieder zurück?“ fragte Banning, als er die Melodie erkannte.

„Colonel Harkins, bitte antworten Sie“, sagte Colin. Er schaltete das Mikrofon aus und wandte sich an Banning. „Hol sie dir besser“, sagte er. „Vielleicht müssen wir das Ganze noch einmal durchgehen.“

Nach der Kontrolluhr dauerte es zwölf Minuten, bis sie hörten, wie sich die Zimmertür öffnete und Martha Harkins‘ Füße leicht klopften. Banning und Colin wandten sich vom Fenster ab, um sie zu begrüßen.

Plötzlich wurden ihre Schatten heftig vor sich hergeschleudert und sprangen über den Boden und die gegenüberliegende Wand hinauf wie verängstigte Tiere, die zu fliehen versuchten.

Sie wandten sich wieder ans Fenster, ihre Begrüßungsworte noch immer unausgesprochen. Vielleicht eine halbe Sekunde lang konnten sie den oberen Teil von *Phoenix I* erkennen , der über dem hässlichen Glanz stand wie die Nase eines Wals, der durch ein Meer kochender Flammen nach oben stößt. Dann verschwand es, und der Feuerball stieg plötzlich in den Nachthimmel, rollte und drehte sich in sich selbst. Ein Gerüst kippte und fiel schwerfällig aus der Flamme, verdrehte sich und schmolz, bevor es auf die Plattform stürzte. Dann erstarb der unerträgliche Glanz, und die Scheinwerfer leuchteten auf einer undurchsichtigen schwarzen Rauchsäule, die von innen rot erleuchtet war und dort stand, wo *Phoenix* gestanden hatte.

Der Lärm, der das Gebäude erschütterte, schien viel zu spät zu kommen.

Colin sackte trostlos im Kontrollraum zusammen und starrte ausdruckslos auf die Gruppen käferähnlicher Lastwagen hinaus, die sich rund um den Landeplatz drängten und mit ihren gefiederten Antennen den Stapel noch brennender Trümmer liebkosten. Von den Schaumwagen heruntergespült, würde das Feuer bald gelöscht sein. Aber es würde kaum einen Vorteil bringen, außer das Pad freizumachen.

„Wie geht es Frau Harkins?“ fragte er, ohne sich umzudrehen, als er Schritte hinter sich hörte.

„Unter Sedierung", sagte General Banning. Er stellte sich neben den Psychiater und betrachtete mit ihm die Aktivitäten der Feuerwehrleute , die aus der Ferne so unorganisiert und insektenartig wirkten.

„Sie werden es ziemlich bald herausbringen", sagte er unnötigerweise.

„Mm."

Beide Männer schwiegen. Nach einer Weile stopfte Colin frischen Tabak hinein, zündete sich seine Pfeife an und ließ watteartige Rauchwolken aufsteigen.

"Was tun wir jetzt?" sagte er abwesend.

General Banning seufzte.

„Sehen Sie diesen Hangar?" fragte er und deutete auf ein hohes Gebäude, vielleicht eine Viertelmeile entfernt am Rande des Feldes.

Colin nickte.

„ *Phoenix II* ", sagte der General, und seine Stimme war flach und ausdruckslos.

„Schicken Sie einen anderen Mann hinein, der nicht mehr weiß als wir?"

„Wir müssen es wissen", sagte Banning. „Männer sind schon früher ohne triftigen Grund gestorben."

„Ich gehe nach Hause. Ruf mich an, wenn du mich brauchst."

Colin stand auf und der General machte eine stumme Geste der Hilflosigkeit. Sie würden ihn nicht brauchen. Erst als *Phoenix II* nach Hause kam. Dann würden sie ihn brauchen.

Colin sprach leise, als würde er an etwas anderes denken.

„Ich habe dich nicht gehört", sagte Banning.

„Ich zitiere Emerson. Den Aufsatz über die Natur, den ich erwähnt habe."

"Was hat er gesagt?"

„„Aber wenn ein Mann allein wäre"", zitierte Colin, „„möge er in die Sterne schauen." Gute Nacht, General.

"Gute Nacht."

Colin ging nach draußen in die kalte Wüstenluft. Die Nacht war klar und klar, und die Milchstraße schleuderte sich wie eine Dampfmasse über den Himmel.

... wenn ein Mann allein wäre, lass ihn in die Sterne schauen ...

Er schaute auf und war allein in der Nacht.

www.ingramcontent.com/pod-product-compliance
Lightning Source LLC
LaVergne TN
LVHW041804190726
843493LV00008B/2779